26 Janvier 1904.

99 P

Vente après décès

DE M. EDMOND BONNAFFÉ

OBJETS DE HAUTE CURIOSITÉ

ET D'AMEUBLEMENT

TABLEAUX — BIBLIOTHÈQUE

CATALOGUE

DES

OBJETS DE HAUTE CURIOSITÉ

ET D'AMEUBLEMENT

ANCIENNES FAIENCES ITALIENNES

OBJETS VARIÉS, IVOIRES, MÉDAILLES

MEUBLES ET BOIS SCULPTÉS DU XVIe SIÈCLE

BRONZES ET PENDULES

MEUBLES — TAPISSERIES

TABLEAUX ANCIENS

DES ÉCOLES FLAMANDE, FRANÇAISE ET ITALIENNE, DES XVe ET XVIe SIÈCLES

Livres Anciens et Modernes

Dont la Vente, après le décès de M. Edmond BONNAFFÉ

AURA LIEU A PARIS

HOTEL DROUOT, SALLE N° 6

Les Mardi 26, Mercredi 27 et Jeudi 28 Janvier 1904

à deux heures

COMMISSAIRE-PRISEUR

Me **PAUL CHEVALLIER,** 10, rue Grange-Batelière

EXPERTS

Pour les Objets d'art :	*Pour les Tableaux :*	*Pour les Livres :*
MM. MANNHEIM	**M. JULES FÉRAL**	**M. A. DUREL**
7, rue Saint-Georges	54, faubourg Montmartre	21, rue de l'Ancienne-Comédie

---

EXPOSITION PUBLIQUE

Le Lundi 25 Janvier 1904, de 1 heure 1/2 à 5 h. 1/2

CONDITIONS DE LA VENTE

Elle sera faite au comptant.

Les acquéreurs paieront *dix pour cent* en sus des enchères.

L'exposition mettant le public à même de se rendre compte de l'état et de la nature des objets, il ne sera admis aucune réclamation l'adjudication prononcée.

Paris. — Imp. de l'Art, E. Moreau et Cie, 41, rue de la Victoire.

ORDRE DES VACATIONS

Mardi 26 Janvier

Gravures, Aquarelles, Pastels.	1 à 6
Tableaux anciens.	7 à 28
Faïences, Porcelaines.	29 à 58
Objets variés.	59 à 102
Ivoires.	103 à 106
Sculptures.	107 à 117
Bois sculptés.	118 à 145

Mercredi 27 Janvier

Médailles.	146 à 166
Cuivres, Bronzes, Pendules.	167 à 201
Meubles, Piano.	202 à 249
Étoffes, Tapisseries, Tapis.	250 à 272

Jeudi 28 Janvier

Bibliothèque.	273 à 452

Edmond BONNAFFÉ

M. Edmond Bonnaffé occupait une place à part dans le petit monde de la curiosité, car sa notoriété de bon aloi lui était venue à la fois de ses connaissances incontestées et du talent littéraire dont il avait su parer ses nombreux écrits spéciaux. A l'inverse de ce qui se passe trop souvent, il ne s'était point instruit à force d'écrire, mais, tout au contraire, il n'avait pris la plume que lorsqu'il s'était senti en mesure d'instruire les autres. Nourri de fortes études classiques, il avait mis au service d'un goût raffiné une langue des plus châtiées et initié ainsi les profanes, que séduisait le charme de sa diction, à des jouissances jusqu'alors insoupçonnées : les Propos de Valentin *et* la Physiologie du curieux *renferment à cet égard des pages exquises. L'érudit ne le cédait en rien au lettré et n'aurait-il, dans sa longue carrière, que soulevé le problème dit des « Faïences de Saint-Porchaire », qu'il eut attaché son nom à l'une des questions les plus instantes et les plus complexes de l'histoire de l'art au XVIe siècle.*

Camarade de Ch. Davillier et de Victor Gay, ami et exécuteur testamentaire d'Eugène Piot, conseiller souvent écouté de Spitzer, il a revendiqué pour ses émules comme pour leurs ancêtres, les grands amateurs de l'ancienne France, la part glorieuse qu'ils ont prise au développement du génie national et à l'accroissement de la fortune publique. Le Louvre a dû aussi à l'influence efficace et discrète d'Edmond Bonnaffé quelques-uns des dons ou des legs les plus importants dont il a été favorisé pendant les vingt dernières années.

En 1897, notre ami avait dû, pour régler des affaires d'ordre privé, livrer aux enchères la majeure partie de la collection qui faisait de son hôtel de la rue de la Faisanderie un vrai musée ; mais, pour pénibles qu'elles soient, des séparations de cette nature ne s'accomplissent jamais sans esprit de retour et il avait gardé ou racheté les éléments du petit cabinet qui va se disperser définitivement dans quelques jours. Le Catalogue de MM. Mannheim ne m'a rien laissé à ajouter sur ce point, et il me doit suffire d'avoir salué ici, d'un cœur ému, le galant homme dont le souvenir restera inséparable de très bons livres et de très belles choses.

MAURICE TOURNEUX.

DÉSIGNATION

GRAVURES, AQUARELLES
PASTELS

1 — Plusieurs gravures de l'École française.

DELAROCHE (Paul)

2 — *Portrait de Napoléon Ier.*

Gravure signée et dédiée par Paul Delaroche à M. Pitt Chevallier.

3 — *Le Fumeur.*

Eau-forte de Meissonier.

FRAGONARD (D'après)

4 — *L'Amour ;*

La Folie.

Deux gravures de Janinet.

FECHNER

5 — *Fillette au poulailler ;*

Jeune Femme portant un chien ;

Bergère filant.

Trois aquarelles.

NATTIER (D'après)

6 — *Portrait de Jeune Fille en voile noir.*

Pastel.

TABLEAUX ANCIENS

BLOCK (A.)

7 — *Le Jugement de Pâris.*

Peinture en grisaille
Signée et datée : 1574.

Toile. Haut., 29 cent.; larg., 42 cent.

CLOUET (École de)

8 — *Portrait de Jeune Homme.*

En buste, pourpoint blanc, toque de velours vert à plumes blanches et rouges.

Bois. Haut., 40 cent.; larg., 27 cent.

HOLBEIN (Attribué à)

9 — *Portrait d'Homme âgé.*

En buste, longue barbe blanche.

Bois. Haut., 32 cent.; larg., 24 cent.

MABUSE (Attribué à Jean-Gossaert dit)

10 — *La Vierge et l'Enfant.*

Bois. Haut., 38 cent.; larg., 28 cent

PEDRINI (JEAN)

11 — *La Madeleine pénitente.*

Fond de paysage.

Bois. Haut., 43 cent.; larg., 27 cent.

ÉCOLE FLAMANDE (XVIe siècle)

12 — *Un Évangéliste.*

Volet de triptyque.

Bois. Haut., 55 cent.; larg., 18 cent.

ÉCOLE FLAMANDE (XVIe siècle)

13 — *Portrait de Femme tenant un livre.*

Assise dans un intérieur, en robe brodée d'or et ornée de bijoux; elle tient un livre ouvert sur une table couverte d'un tapis.

A droite, un vase de vermeil posé devant une fenêtre.

Dans le fond, un rideau vert.

Bois. Haut., 74 cent.; larg., 56 cent.

ÉCOLE FLORENTINE (XVe siècle)

14 — *Vierge, Enfant Jésus et saints personnages.*

Triptyque sur fond d'or.

Bois. Haut., 52 cent.; larg., 42 cent.

ÉCOLE FLORENTINE (xve siècle)

15 — *Portrait d'Homme.*

En buste, de trois quarts à gauche, les cheveux blonds bouclés pendant sur la nuque et les oreilles, il porte une toque et un vêtement rouge.

Fond vert.

Bois. Haut., 36 cent.; larg., 27 cent.

ÉCOLE FRANÇAISE (Fin du xve siècle)

16 — *Portrait de Femme.*

Représentée à mi-corps, coiffée d'un haut bonnet de velours noir couvert d'un voile pendant derrière elle, en robe rose ouverte sur la poitrine et serrée à la taille par une large ceinture; elle caresse de la main droite un petit chien blanc couché sur une table couverte d'un tapis vert.

Bois. Haut., 34 cent.; larg., 26 cent.

ÉCOLE FRANÇAISE (xvie siècle)

17 — *Portrait présumé de Jeanne d'Albret.*

En buste, coiffée d'une toque noire à plumes blanches, elle porte un corsage jaune à crevés et garni de velours noir.

Cadre en bois sculpté.

Bois. Haut., 62 cent.; larg., 55 cent.

ÉCOLE FRANÇAISE (XVIIe siècle)

18 — *Jeune Femme assise tenant un coffret.*

Toile. Haut., 32 cent.; larg., 24 cent.

ÉCOLE ITALIENNE (XVIe siècle)

19 — *Dame et Gentilhomme en costumes d'apparat.*

Toile. Haut., 38 cent.; larg., 24 cent.

ÉCOLE ITALIENNE (XVIe siècle)

20 — *La Vierge, l'Enfant Jésus et deux personnages.*

Peinture avec rehauts d'or.

Bois. Haut., 42 cent.; larg., 32 cent.

ÉCOLE ITALIENNE (XVIe siècle)

21 — *Portraits d'Homme et de Femme.*

Représentés de profil sur le même panneau.

Bois. Haut., 43 cent.; larg., 77 cent.

ÉCOLE ITALIENNE (XVIe siècle)

22 — *Suite de quatre Portraits d'Hommes et de Femmes, en formes de médaillons.*

Bois. Diam., 32 cent.

ÉCOLE ITALIENNE (XVIe siècle)

23 — *Saint Michel.*

Peinture sur fond d'or.

Bois. Haut., 29 cent.; larg., 21 cent.

ÉCOLE ITALIENNE

24 — *Ange assis sous une porte gothique.*

Toile. Haut., 39 cent.; larg., 29 cent.

ÉCOLE VÉNITIENNE (XVIe siècle)

25 — *Sainte Marie-Madeleine.*

Vue jusqu'à la ceinture, en robe rose, ornée de broderies d'or et d'un bijou sur la poitrine, la tête inclinée sur la droite, les cheveux pendants, elle tient, d'une main, une branche d'œillets rouges et, de l'autre, le vase à parfums.

Bois. Haut., 88 cent.; larg., 50 cent.

ÉCOLE VÉNITIENNE (XVIe siècle)

26 — *Portrait de Jeune Fille.*

Vue de face, à mi-corps, en robe de soie rose, ornée de bijoux.

Cadre en bois sculpté.

Bois. Haut., 31 cent.; larg., 24 cent.

ÉCOLE DE SIENNE

(DEUX PENDANTS)

27 — *Figures de saints sur fond d'or.*

Bois. Haut., 24 cent.; larg., 24 cent.

28 — Sous ce numéro seront vendus quelques tableaux non catalogués.

FAIENCES, PORCELAINES

29 — Deux supports-appliques, en faïence, à médaillons d'amours.

30 — Panneau composé d'azulejos, avec tête de Diane, en marbre blanc.

31 — Deux azulejos ; l'un à entrelacs, l'autre aux armes de Castille et Leon.

32 — Petit vase en ancienne faïence de Manissès.

33 — Vase ovoïde à deux petites anses, décor à reflets métalliques. Ancienne faïence de Manissès.

34 — Plat rond en ancienne faïence hispano-mauresque, décor de godrons obliques et à reflets métalliques.

Diam., 39 cent.

35 — Plat rond en ancienne faïence hispano-mauresque, orné d'un taureau. Décor à reflets métalliques.

Diam., 48 cent.

36 — Plat en ancienne faïence de Rhodes, avec rehauts de dorure ; décor de fleurs.

37 — Fond de plat en ancienne terre vernissée de la Frata, écusson d'armoiries, bordure à compartiments.

38 — Gourde à décor de feuillages, en ancienne terre vernissée de la Frata.

Haut., 27 cent.

39 — Vase à anses-dauphins, vernissé gris-bleuté et orné d'entrelacs, de godrons et d'imbrications. Florence. XVIe siècle.

Haut., 28 cent.

40 — Globe d'amortissement, décoré de godrons, de guirlandes et de mufles de lions en faïence de l'atelier des Robbia. Piédouche en cuivre.

41 — Salière en ancienne faïence d'Urbino, en forme d'édicule, ornée d'armoiries et de grotesques.

42 — Deux cruches de pharmacie, en ancienne faïence de Turin, monogramme du Christ, oiseaux et fleurs en bleu.

43 — Deux cruches de pharmacie, décorées de rinceaux en bleu sur fond gris-bleuté, avec écusson armorié d'azur à la fleur de lys d'or. Ancienne faïence de Venise.

44 — Plat rond, à ombilic, en ancienne faïence de Deruta ; décor en bleu et à reflets métalliques, fleurs et arabesques.

45 — Petit plat en ancienne faïence de Faenza : la Vierge tenant l'Enfant Jésus ; bordure carrelée.

46 — Cornet de pharmacie en ancienne faïence de Faenza, orné d'un médaillon-buste et de feuillages sur fond bleu, vert et jaune d'ocre.

Haut., 31 cent.

47 — Autre cornet, analogue au précédent.

Haut., 31 cent.

48 — Cornet de pharmacie, à deux anses-torsades, en ancienne faïence de Faenza ; décor de feuillages.

49 — Vase de pharmacie, orné de feuillages et d'un médaillon-buste, sur fond bleu, vert et jaune d'ocre. Ancienne faïence de Faenza.

50 — Deux cornets de pharmacie, en ancienne faïence de Faenza, décorés, l'un d'un buste de femme, l'autre d'un oiseau chimérique.

Haut., 24 cent.

51 — Plat en ancienne faïence de Caffagiolo, à décor d'entrelacs et de quadrillés.

Diam., 33 cent.

52 — Gourde lenticulaire à col muni de deux anses, en ancienne faïence de Perse ; branches fleuries en bleu.

53 — Petit plat creux en faïence de Palissy, décoré de mascarons, draperies et de feuillages en couleurs sur fond blanc ; revers jaspé.

Diam., 24 cent.

54 — Petite potiche avec couvercle, décorée d'un sujet familial. Ancienne porcelaine de Chine, famille verte.

55 — Deux statuettes en biscuit. Allégories de l'étude.

56 — Groupe en biscuit : Vénus et l'Amour ; auprès d'eux, une ruche.

57 — Statuette en biscuit : personnage grotesque.

58 — Statuette en biscuit : servante tenant une lettre.

OBJETS VARIÉS

59 — Coffret en bois sculpté, orné, sur la façade, de trois fenestrages gothiques.

60 — Coffret en pâte blanche et dorée, décoré de combats, marines, vues de villes, etc.; couvercle orné de chimères et de tores de laurier. Italie, xve siècle.

Haut., 10 cent.; larg., 16 cent.

61 — Coffret en pâte blanche et dorée, à décor de mascarons, rinceaux, coquilles et petites feuilles. Italie, xve siècle.

Haut., 13 cent.; larg., 20 cent.

62 — Coffret rectangulaire orné d'incrustations et de petits bas-reliefs en os, à décor de petits personnages. Italie, XVe siècle.

63 — Plaque ovale en cristal gravé et doré représentant la sybille montrant la Vierge à l'empereur Auguste. Monture en argent doré. Travail italien. Première moitié du XVIe siècle.

Haut., 55 millim.; larg., 50 millim.

64 — Bijou-pendentif formé d'un lion en ivoire sculpté, soutenu par une chainette en or émaillé avec perles. Le corps et les pattes sont enrichis de cercles d'or émaillé avec perles et pierreries. XVIe siècle.

Haut., 70 millim.

65 — Petit vase simulé en cristal présentant intérieurement deux sujets églomisés : saint Jérôme et l'Annonciation. Monture en argent doré. Base en lapis. XVIe siècle.

Haut., 70 millim.

66 — Assiette plate en verre blanc opalin, décorée de dentelles et de médaillons, contenant des fleurettes en or et en couleurs. Venise, XVIe siècle.

Diam., 21 cent.

67 — Petit plat en émail de Venise, à décor de rosaces et rinceaux sur fond vert, blanc et bleu. XVIe siècle.

Diam., 21 cent.

68 — Pommeau d'épée en fer avec applications d'argent, à décor de bandes de fleurs et mascarons. XVIe siècle.

Haut., 65 millim.

69 — Petite boîte ronde revêtue de velours rouge avec broderie d'argent doré. Au centre, médaillon-buste en verre églomisé. XVIe siècle.

70 — Petit support rectangulaire contenant un tiroir en bois, à décor d'appliques en bronze présentant des rinceaux et des personnages. Italie, XVIe siècle.

71 — Petite jardinière circulaire, formée d'un fragment de fer argenté et doré du XVIe siècle.

72 — Miniature sur vélin, provenant d'un antiphonaire et présentant la lettre C, encadrant le sujet de sainte Anne apprenant à lire à la Vierge, avec, auprès d'elle, une reine de France en prières. France, XVe siècle.

Haut., 24 cent.; larg., 20 cent.

73 — Miniature sur vélin, provenant d'un manuscrit, présentant la capitale K, ainsi qu'un saint évêque dans un palais, avec paysage au fond. XVIe siècle.

Haut., 19 cent.; larg., 19 cent.

74 — Petit couteau en fer ciselé, à poignée-balustre. XVIe siècle.

75 — Coffret en pâte peinte et dorée, décoré d'aigles héraldiques et du mot *Amor* plusieurs fois répété. Italie, XVIe siècle.

76 — Coffret oblong, plaqué d'ivoire ajouré, à décor de médaillons, d'oiseaux et de rosaces, au milieu de rinceaux de style oriental. Italie, XVIe siècle.

Long., 37 cent.; larg., 13 cent.

77 — Coffret, à couvercle bombé, en marqueterie dite *certosina*. Italie, XVIe siècle.

78 — Coffret carré, à couvercle en dôme, en bois peint et doré; décor de bustes ; pilastres aux angles. Italie, XVIe siècle.

79 — Coffret rectangulaire en marqueterie de bois de couleurs, dite *certosina*, à motifs géométriques. Italie, XVIe siècle.

80 — Coffret oblong en bois revêtu de cuivre et de fer et décoré de lions disposés dans un treillis. Italie, XVIe siècle.

81 — Coffret rectangulaire en bois incrusté d'os, à dessin régulier. Ancien travail italien.

82 — Coffret en ébène gravée, à décor de rinceaux et amours, avec incrustations de nacre gravée. XVIIe siècle.

83 — Coffret rectangulaire, revêtu de cuir fauve gravé ; décor de cartouches et fleurons. Fin du XVIe siècle.

84 — Coffret rectangulaire en bois sculpté, orné d'un rébus, d'oiseaux et de rinceaux. Travail de *Bayard, de Nancy.*

85 — Deux fragments en ivoire gravé, décorés chacun d'une cariatide supportant une corbeille de fruits. XVIIe siècle.

86 — Petit cadre-pendentif en cuivre ajouré et émaillé : attributs de sainteté. Espagne, XVIIe siècle.

87 — Encrier en cuir et bois peint, à arabesques, simulant un pied. Commencement du XVIIe siècle.

88 — Petite boîte cylindrique, avec couvercle, en cuivre partiellement émaillé, à décor de fleurs et feuilles. XVIIe siècle.

Haut., 50 millim.

89 — Couronne de Vierge en argent doré.

90 — Petit plaque en argent niellé : moine occupé à écrire en présence d'un ange tenant ouvert un livre devant lui.

91 — Petit couteau à poignée d'argent, orné de mascarons et volutes.

92 — Couteau et poinçon à poignées de cuivre avec traces d'émaillage, terminée en buste : personnage faisant de la musique. Commencement du XVIIe siècle.

93 — Médaillon rond, en ancien émail peint de Limoges, présentant, sur fond noir en grisaille rehaussée de dorure, le buste de profil de Néron. Encadrement d'émail et de bois.

Diam., 24 cent.

94 — Panneau orné de peintures, grotesques et oiseaux, sur fond noir. XVIIe siècle.

95 — Miroir dans un cadre en cuivre repoussé et doré, du temps de Louis XIII, à mascarons, guirlandes et coquilles.

96 — Petit miroir dans un cadre en marqueterie d'écaille, cuivre et étain. Époque Louis XIV.

97 — Plaque en marqueterie des trois parties : la Visitation. Époque Louis XIV.

98 — Petit pupitre revêtu de cuir. Époque Louis XVI.

99 — Panneau en cuir peint et doré : la Vierge tenant l'Enfant Jésus. Travail italien.

100 — Médaillon rond : personnages mythologiques. Galvano.

101 — Porte-bouquet en verre incolore.

102 — Sabre courbe oriental, à poignée de corne et fourreau de cuir garni de métal.

IVOIRES

103 — Petit bas-relief en ivoire sculpté : le Christ couronnant la Vierge, composition placée sous un arceau gothique. France, XIVe siècle.

Haut., 65 millim.; larg., 50 millim.

104 — Volet de diptyque, en ivoire sculpté, présentant, sous deux arcatures superposées, deux compositions : la Crèche et la Circoncision. France, XIVe siècle.

Haut., 100 millim.; larg., 60 millim.

105 — Groupe en ivoire sculpté : la Vierge debout, vêtue d'une ample draperie, la tête couverte d'un voile, présentant un fruit à l'Enfant Jésus qu'elle tient sur le bras gauche. France, XIVe siècle.

Haut., 23 cent.

106 — Petit groupe en ivoire sculpté : jeune femme debout, portant un enfant et vêtue d'une robe à la mode du temps. Flandres, fin du XVIe siècle.

Haut., 14 cent.

SCULPTURES

107 — Tête de femme, grandeur nature, en marbre blanc. Travail grec antique. Trouvée à Athènes en 1852.

Haut., 40 cent.

108 — Petit haut-relief en albâtre : chasseur au faucon, debout, portant une longue tunique, la main droite appuyée sur l'épée. XVe siècle.

Haut., 16 cent.

109 — Buste en marbre blanc, grandeur nature, de jeune femme, les cheveux retenus par une bandelette, la tête inclinée et tournée vers l'épaule gauche. Piédouche en marbre. XVIe siècle.

Haut., 55 cent.

110 — Statuette, en marbre blanc, d'enfant nu assis, s'appuyant à un tronc d'arbre et tenant une brebis. Base ornée de grotesques. Italie, XVIe siècle.

Haut., 37 cent.; larg., 18 cent.

111 — Médaillon rond en marbre blanc, buste de profil de personnage barbu. Italie, XVIe siècle. Dans un cadre, de forme triangulaire et à cul-de-lampe en bois et pâte dorés. Ancien travail italien.

112 — Bas-relief en marbre blanc, avec traces de dorure, présentant une tête de guerrier de style antique au milieu de trophées d'armes. Italie, XVIe siècle. Encadré.

Haut., 30 cent.; larg., 22 cent.

113 — Petite tête de femme en marbre blanc, les cheveux en partie relevés en nattes sur la tête. XVIe siècle. Piédouche en marbre vert de mer.

Haut., 25 cent.

114 — Petite frise en marbre blanc, présentant en bas-relief une Source au milieu de six enfants nus tenant des attributs variés. XVIe siècle. Encadrement de bois.

Haut., 13 cent.; larg., 63 cent.

115 — Bas-relief en pâte peinte et dorée, présentant la Vierge assise, vue à mi-corps et tenant l'Enfant Jésus. Fond enguirlandé, bordure à petites feuilles et rinceaux. Florence, XVIe siècle.

Haut., 57 cent.; larg., 40 cent.

116 — Petit buste-applique de Silène en albâtre. Italie, XVIIe siècle.

117 — Petit buste en terre cuite peinte de fillette de face, portant un corsage noir à collerette et coiffée d'une résille.

Haut., 23 cent.

BOIS SCULPTÉS

118 — Bas-relief en bois sculpté et peint, présentant deux personnages, l'un portant l'armure, l'autre vêtu d'un long manteau. XVe siècle. Fond et encadrement de bois.

Haut., 90 cent.

119 — Support, à hauteur d'appui, orné de panneaux en bois sculpté de la fin du XVe siècle, à décor de fenestrages gothiques, encadrant de petits écussons d'armoiries.

Haut., 90 cent.; larg., 1 m. 15 cent.

120 — Statuette-applique en chêne sculpté, peint et doré : saint Luc debout, ayant à ses pieds le bœuf son emblème. Travail d'Anvers. Fin du XVe siècle.

Haut., 39 cent.

121 — Statuette-applique en bois sculpté, provenant d'un calvaire : sainte femme debout, les mains jointes et richement vêtue. XVIe siècle.

Haut., 44 cent.

122 — Statuette en bois sculpté, peint et doré, de personnage debout, revêtu d'une armure, portant une épée et couvert d'un ample manteau. Commencement du XVIe siècle.

Haut., 63 cent.

123 — Groupe en chêne sculpté de deux personnages richement vêtus, debout, de part et d'autre, d'une fontaine. Flandres. Commencemencement du XVIe siècle.

Haut., 28 cent.; larg., 24 cent.

124 — Statuette en bois sculpté, peint et doré, de saint Michel debout, terrassant le dragon. Il est armé de toutes pièces et porte un long manteau. XVIe siècle.

Haut., 60 cent.

125 — Deux montants en chêne sculpté, présentant chacun un buste humain en ronde-bosse, entouré de grotesques. XVIe siècle.

Haut., 83 cent.; larg., 23 cent.

126 — Bas-relief, sans fond, en chêne sculpté : l'Évanouissement de la Vierge. Composition de quatre personnages. XVIe siècle.

Haut., 35 cent.; larg., 41 cent.

127 — Petit groupe-applique : la Vierge debout portant l'Enfant Jésus qui tient un chapelet. XVIe siècle.

Haut., 50 cent.

128 — Petit buste de Vierge, coiffée d'un voile, une couronne sur la tête. Bois sculpté. XVIe siècle.

Haut., 33 cent.

129 — Petit buste de pape en bois sculpté, coiffé de la tiare. XVIe siècle.

Haut., 25 cent.

130 — Statuette en bois sculpté, peint et doré, de saint Christophe, debout, vêtu d'un long manteau, tenant de la main droite un tronc d'arbre. XVIe siècle.

131 — Statuette, pouvant faire pendant à la précédente : saint personnage debout, tenant un bénitier. XVIe siècle.

132 — Petite niche surmontée d'un lanternon en bois sculpté et partiellement doré, abritant un groupe : la Vierge debout tenant l'Enfant Jésus. XVIe siècle.

Haut., 1 m. 15 cent.; larg., 47 cent.

133 — Panneau en bois sculpté, présentant des grotesques. XVIe siècle,

134 — Support-applique, forme cul-de-lampe, en bois sculpté et partiellement doré : armoiries et rinceaux. XVIe siècle,

135 — Support-applique, forme cul-de-lampe, en bois sculpté et marqueterie à fleurs. XVIe siècle.

136 — Enveloppe de cheminée, composée d'une traverse et de deux montants du XVIe siècle, en bois sculpté, à décor de pendentifs.

137 — Porte à un seul vantail, en chêne, renfermant, à sa partie supérieure, un grand cartouche en noyer sculpté du XVIe siècle, accompagné de cuirs découpés, de mascarons et de bouquets de fruits. Le centre du cartouche encastre une plaque de marbre. Le revers de la porte est décoré de serviettes.

Haut., 1 m. 30 cent.; larg., 81 cent.

138 — Autre porte semblable enchâssant, à la partie supérieure de son vantail, un grand cartouche accompagné de mascarons et de bouquets de fruits. Au centre est enchâssée une plaque de marbre.

Haut., 1 m. 30 cent.; larg., 81 cent.

139 — Devant de coffre en bois sculpté et partiellement doré ; cartouche armorié entouré de dieux marins. Fin du XVIe siècle.

140 — Deux grands chandeliers-balustres en bois sculpté et doré, décorés de feuillages, godrons et cannelures. Bases quadrilobées à palmettes. Fin du xvie siècle.

Haut., 75 cent.

141 — Statuette-applique en bois sculpté avec traces de peinture et de dorure : saint personnage faisant le geste de bénédiction, et debout sur un cul-de-lampe. Fin du xvie siècle.

142 — Statuette-applique en chêne sculpté et peint : cardinal debout, tenant un bâton. Fin du xvie siècle.

Haut., 45 cent.

143 — Haut-relief sans fond en bois sculpté, peint et doré : statuette équestre de guerrier armé à l'antique avec figurine d'amour en croupe. Fin du xvie siècle.

Haut., 48 cent.

144 — Petit panneau en bois sculpté, peint et doré, présentant un mascaron dans un cartouche. Fin du xvie siècle.

145 — Deux médaillons-bustes en bas-relief peints blanc et bleu et simulant le marbre. Encadrés.

MEDAILLES

146 — Médaille en bronze : buste de Maximilien Ier, empereur d'Allemagne. *Maximilianvs Fr. Cœs. F. Dvx Avstr. Bergvnd.* ℟ Buste de Marie de Bourgogne, sa 1e femme. *Maria Karoli F. Dvx Bergvndie Avstriæ Brab. C. Flan.* Allemagne, XVe siècle.

Diam., 47 millim.

147 — Médaille en bronze à patine brune : amour tenant une tortue et monté sur un dauphin ; légende latine. ℟ Cartouche aux armes de la ville de Lyon ; légende latine. Cette médaille fut offerte en 1533 au dauphin par la ville de Lyon et est l'œuvre de *Jacques Gauvain*, de Lyon. Publiée par Natalis Rondot, Lyon, 1887.

Diam., 121 millim.

148 — Médaille en bronze doré : buste de Louis XII avec légende latine. ℟ Buste d'Anne de Bretagne avec légende latine. Cette médaille faite à Lyon, en 1599, est l'œuvre de *Jean Perréal*, peintre du roi et de deux orfèvres français, Nicolas et Jean de Saint-Priest.

Diam., 118 millim.

149 — Médaille en bronze : buste d'André Rageau. *And. Ragell exact. regis extraordi.* ℟ Une barque. *Altvm conscendimvs alto, 1555.*

Diam., 55 millim.

150 — Médaillon rond en bronze à patine noire : buste de Charles IX, avec la légende : *Carolvs IX Franc. Rex. Christianiss.* 1573.

Diam., 119 millim.

151 — Médaille en bronze : buste de François Ier. *Franciscvs I Francorvm rex.* ℞ La salamandre et les initiales *L.X. Discvtit hæc flama Fracisco robore metis onia Pvicit rerv imersabilis vd.* XVIe siècle.

Diam., 42 millim.

152 — Médaille en bronze doré : buste de François Ier. *Franciscvs primvs Fr invictissimvs.* ℞ Allégorie. *Virivti regis invictissimi.* XVIe siècle.

Diam., 49 millim.

153 — Médaille en bronze doré : buste de Henri II. *Henricvs II Francor. rex. invictiss. P. P.* ℞ Char triomphal. *Te copia lavro et fama beavent ncia.* XVIe siècle.

Diam., 50 millim.

154 — Médaille en bronze : buste de Henri II. *Henricvs II Galliarvm rex invictiss. P. P.* ℞ Allégorie. XVIe siècle.

Diam., 53 millim.

155 — Médaille en bronze doré : buste de femme. *Renata de Borbonia Lothor. et Bar Dvcissa.* ℞ Buste d'homme. *Anthonivs D. G. Lothor. et Bar Dvx.* XVIe siècle.

Diam., 45 millim.

156 — Médaille en bronze : buste de Catherine de Médicis. *Katharin D. G. Francorum regina.* 1589. ℟ Allégorie. *Ardorem extincta testantur vivere flamma.* XVIe siècle.

Diam., 50 millim.

157 — Médaille en bronze : buste d'Anne de Montmorency. *Annas Monmorancius militiæ gallicæ præf.* ℟ La Prévoyance entre Bellone et Amphitrite. *Providentia. Ducis fortiss. ac fœliciss.* XVIe siècle.

Diam., 52 millim.

158 — Médaille en bronze : buste d'homme. ℟ Amour soutenant un écusson chargé d'un lion. *Non confondas me ab expectatione mea.* XVIe siècle.

Diam., 47 millim.

159 — Médaille en argent : buste d'Antoine Perrenot. *Ant. Perrenot s. r. e. Pbri. card. archiepi. Mechl.* ℟ Neptune. *Durate,* XVIe siècle.

Diam., 56 millim.

160 — Médaille en bronze : buste d'homme de profil, avec légende : *Michael Filleul, n. v. Blœsens.* ΠΕΡΙΩΝ ΕΠΙ· ΜΟΙΡΑ· ℟ Cabinet de travail avec la légende : *Minerve et Musis.* ꝏ . I . Ↄ.C.

Diam., 68 millim.

161 — Médaille en bronze : buste de Henri IV. *Henricus IIII D. G. Franc. et Navar. rex. 1602.*

℞ Allégorie. *Regis sacra fœdera. Magn., ex. aero franc. gena. an fed. f. reno...*

Diam., 44 millim.

162 — Médaille en bronze doré : Marie de Médicis. ℞ Navire avec la légende : *Servando dea pacta deos*. Par *Dupré*. 1613.

Diam., 60 millim.

163 — Médaille en bronze doré : Henri IV et Marie de Médicis. ℞ Allégorie avec la légende : *Propago imperi*. Par *Dupré*. 1603.

Diam., 68 millim.

164 — Médaille en bronze doré : Louis XIII. ℞ Image de la Justice. Légende : *Vt Gentes Tollat que premat que*. Par *Dupré*. 1623.

Diam., 60 millim.

165 — Médaille en bronze : buste de *Ant. de Loménie, conseiller et secrétaire d'estat*. ℞ Le char du Soleil. *Sci te rex magne seqvebar*. XVIIe siècle.

Diam., 47 millim.

166 — Plaquette en bronze doré présentant le Triomphe de la Pauvreté. XVIe siècle.

Haut., 65 millim.; larg., 125 millim.

CUIVRES, BRONZES, PENDULES

167 — Presse-papier en granit, à poignée formée d'une chimère en bronze doré du XVIe siècle.

168 — Deux médaillons présentant, sur fond de velours vert, les bustes de profil du Christ et de la Vierge ainsi qu'un encadrement de feuillages et fruits en bronze. Italie, XVIe siècle.

Diam., 12 cent.

169 — Petite applique en cuivre ajouré, en forme de cartouche contenant une composition de deux personnages de style antique. XVIe siècle.

Larg., 45 millim.

170 — Bossette de mors, de forme circulaire, décorée en son centre, d'une tête de lion entourée d'arabesques, de trophées et d'armoiries. XVIe siècle.

Diam., 82 millim.

171 — Boîte ovale en cuivre doré, présentant Léda et le cygne. Pourtour orné de fruits ; dessous à arabesques. XVIe siècle.

Grand diamètre, 11 cent.
Petit diamètre, 10 cent.

172 — Jardinière ronde, à anses-torsades, en métal de cloche ; décor de guirlandes. XVIe siècle.

173 — Cage d'horloge de table en bronze, en forme d'édicule rond recouvert d'un dôme. Elle est décorée de pilastres encadrant des arabesques partiellement ajourées. Dôme également reperçé. xvie siècle.

Haut., 27 cent.

174 — Petit vase d'amortissement, en bronze doré, à quatre anses-dauphins, décoré de feuillages et rinceaux; socle en porphyre. xvie siècle.

Haut., 80 millim.

175 — Chandelier en bronze, à patine brune, formé d'une statuette d'Amour debout sur une base triangulaire. xvie siècle.

Haut., 25 cent.

176 — Plat rond à ombilic, en cuivre gravé et présentant sur l'ombilic un écusson d'armoiries; alentour et sur le marli, des compartiments à arabesques. Venise, xvie siècle.

Diam., 47 cent.

177 — Jardinière ronde en cuivre gravé, décorée de zones, d'arabesques et d'animaux chimériques. Dessous orné de fruits et de feuilles. Venise, xvie siècle.

Haut., 11 cent.; diam., 22 cent.

178 — Chandelier en bronze, composé d'une tige à nœud portée par une base à trois faces, ornée de médaillons, de mascarons et de chimères. Italie, xvie siècle.

Haut., 34 cent.

179 — Encrier de forme pentagonale, en cuivre, avec traces de dorure, orné sur chaque face d'effigies d'empereurs romains. Italie, XVIe siècle.

180 — Coffret rectangulaire en cuivre gravé, à décor de médaillons-bustes et feuillages. Fin du XVIe siècle.

181 — Statuette en bronze, à patine brune, de guerrier antique debout et nu, de face, le corps portant sur la jambe droite. Il lève le bras gauche pour se protéger, tandis que de la main droite il tenait une épée, dont la poignée seule subsiste. Travail français attribué à *François Duquesnoy*. Fin du XVIe siècle ou commencement du XVIIe siècle.

Haut., 28 cent.

182 — Deux statuettes en bronze, à patine noire : Jupiter debout, tenant la foudre et représenté nu. Fin du XVIe siècle.

Haut., 33 cent.

183 — Fragment en bronze patiné, formé d'un buste de femme drapée à l'antique. Fin du XVIe siècle. Cadre rond en bronze.

184 — Fragment en bronze patiné, en forme d'animal chimérique à tête humaine. XVIIe siècle.

185 — Vase, formé d'une noix de coco, dans une monture et sur un pied-balustre en cuivre doré. Allemagne, XVIIe siècle.

Haut., 25 cent.

186 — Vase, formé d'une noix de coco, dans une monture gravée à rinceaux et bustes, et avec couvercle et pied-balustre en cuivre doré. Allemagne, XVIIe siècle.

Haut., 28 cent.

187 — Bassin rond à ombilic, en cuivre, entièrement couvert d'arabesques gravées. Travail vénitien.

Diam., 43 cent.

188 — Brûle-parfums sur plateau fixe, en cuivre ajouré, à décor de fleurettes. Ancien travail vénitien pour l'Orient.

189 — Plat creux en dinanderie, orné d'une rosace. XVIIe siècle.

190 — Plat creux en dinanderie : saint Georges et le dragon. XVIIe siècle.

191 — Pendule en marqueterie de cuivre sur écaille, décorée d'un fronton et de deux pilastres. Cadran en cuivre. Mouvement de *Thuret, à Paris*. XVIIe siècle.

192 — Deux girandoles, à trois lumières, en bronze, garni de cristaux incolores et polychromes. XVIIIe siècle,

193 — Pendule du temps de Louis XVI, en bronze patiné et doré, décorée de deux statuettes allégoriques ; base ornée d'une frise de postes. Cadran signé : *Guy d'Amour, à Paris*. Contre-socle en marbre blanc.

194 — Aiguière et bassin en cuivre argenté, décor de feuilles. Travail italien.

195 — Encrier, formé d'une tête de femme en bronze, coiffée à l'antique.

196 — Deux flambeaux, à balustres triangulaires, en cuivre gravé.

197 — Petit groupe en bronze, dit : « Baiser de Houdon. »

198 — Petit lustre, à cinq lumières, en bronze doré. Époque Restauration.

199 — Petit buste d'homme, le visage glabre, en bronze patiné.

200 — Lustre, à deux rangs de lumières, en cuivre, à tige surmontée d'une figure de Vierge.

201 — Insigne, en forme de main, en cuivre gravé, à inscriptions. Travail persan.

MEUBLES, PIANO

202 — Petit cabinet à sept tiroirs, à façade plaquée de fer partiellement doré, décor de médaillons et animaux chimériques; de chaque côté des tiroirs se dressent des cariatides de bronze. Italie, XVIe siècle.

Haut., 37 cent.; larg., 49 cent.

203 — Meuble à deux corps, fermant à quatre portes, en bois sculpté, à décor de mascarons, branches de laurier, palmettes et rinceaux; pilastres aux angles. France, XVIe siècle.

Haut., 1 m. 97 cent.; larg., 85 cent.

204 — Bureau plat rectangulaire, formé de trois panneaux en bois sculpté, avec traces de dorure, provenant d'un coffre du XVIe siècle et décoré de dieux marins, de cartouches et de figures allégoriques aux angles.

Long., 1 m. 80 cent.; larg., 75 cent.

205 — Petit paravent à deux feuilles, garni de brocatelle du XVIe siècle, à dessin de vases de fleurs, têtes de chérubins et monogramme du Christ. Frange à grille.

206 — Tabouret oblong en bois sculpté, avec rehauts de dorure et décor de feuillages. Dessus en velours ciselé, à ramages rouges. Fin du XVIe siècle.

207 — Coffre en bois sculpté, partiellement doré, présentant un cartouche entre deux mascarons. Soubassement godronné; pieds à griffes. Fin du XVIe siècle.

Haut., 70 cent.; larg., 1 mètre.

208 — Table rectangulaire en bois sculpté, à ceinture ornée de rosaces et sur quatre pieds-balustres ajourés, reliés par des traverses creusées de cannelures. Fin du XVIe siècle.

Long., 1 m. 10 cent.; larg., 68 cent.

209 — Table rectangulaire en bois sculpté, à ceinture ornée de petites feuilles et sur quatre pieds-colonnettes cannelées, reliés par des traverses. Fin du XVIe siècle.

Long., 1 m. 10 cent.; larg., 67 cent.

210 — Dressoir en bois, incrusté de pâte blanche, à dessin de rinceaux; il ferme à deux portes superposées et est placé sur une console à fond plein. Fin du XVIe siècle.

Haut., 2 mètres; larg., 95 cent.

211 — Deux tabourets en bois sculpté, piètement à volutes. En partie de la fin du XVIe siècle.

212 — Canapé en bois sculpté, à décor de cannelures et feuillages, piètement à traverses. En partie du XVIIe siècle. Il est couvert d'ancien damas rouge.

213 — Armoire à deux portes en ébène sculptée : Suzanne et les Vieillards, David et Bethsabée; moulures guillochées. XVIIe siècle.

214 — Cabinet, à deux portes, avec nombreux tiroirs intérieurs en ébène incrustée d'ivoire gravé; décor extérieur et intérieur de sujets mythologiques et rinceaux, cariatides, guirlandes et pieds en forme de lions en bronze. Époque Louis XIII.

Haut., 67 cent.; larg., 90 cent.

215 — Glace dans un cadre Louis XIII, à fronton orné d'appliques en cuivre, à décor de fleurs.

216 — Table Louis XIII, à traverses et pieds tors.

217 — Petit tabouret oblong recouvert de drap vert avec applications du temps de Louis XIII.

218 — Tabouret en bois sculpté, piètement à volutes avec traverses; dessus de velours rouge. XVIIe siècle.

219 — Fauteuil en ébène sculptée, à petites fleurs; dossier à balustres, traverses et pieds tors. Travail des colonies portugaises.

220 — Fauteuil en bois sculpté du temps de la Régence, à décor de palmettes avec croisillon d'entrejambes. Coussin et dossier de velours rouge d'Utrecht.

221 — Deux chaises basses du temps de Louis XV, en bois sculpté à moulures et petites feuilles.

222 — Deux chaises en bois sculpté à rocailles du temps de Louis XV couvertes en velours vert.

223 — Tabouret Louis XV en bois sculpté, à fleurettes, couvert en velours rouge.

224 — Petit canapé en bois sculpté, à cannelures. Époque Louis XVI.

225 — Table de dame à trois tiroirs en marqueterie de bois de couleurs. Époque Louis XVI.

226 — Commode à trois rangs de tiroirs en marqueterie de bois de couleurs; garnitures de cuivre. Époque Louis XVI.

227 — Table du temps de Louis XVI, à tiroirs et tablette formant damier; bois de placage; dessus de marbre.

228 — Grand chiffonnier, à six tiroirs, en bois de placage. Époque Louis XVI.

229 — Psyché dans un cadre en acajou et cuivre. Époque Louis XVI.

230 — Secrétaire droit à abattant en marqueterie de bois de couleurs; médaillon, vues de ville et branches fleuries; dessus de marbre blanc. Époque Louis XVI.

231 — Deux fauteuils en bois sculpté, à décor de petites cannelures. Époque Louis XVI.

232 — Écran en bois doré; feuille en ancienne tapisserie au point : vase de fleurs et armoiries.

233 — Petit paravent à trois feuilles, en ancienne soie brochée à fond vieux-rose.

234 — Armoire normande, en chêne sculpté, à feuillages.

235 — Petit meuble à écrire, à portes et tiroirs en marqueterie de bois de couleurs. Style anglais.

236 — Table-bureau à deux tiroirs, acajou et cuivre. Style Louis XVI.

237 — Deux fauteuils à X, en bois sculpté, à feuillages et mufles de lions. Coussins et dossiers de velours rouge.

238 — Escabeau en bois sculpté et partiellement doré, à décor de pampres. Travail italien.

239 — Deux chaises basses, en velours rouge, dont une avec applications.

240 — Deux chaises basses, à dossiers carrés; l'une en velours rouge, l'autre à siége d'ancien velours vert.

241 — Deux fauteuils en bois sculpté, peint blanc et doré, couverts en soie crème brochée à fleurs.

242 — Deux chaises en bois sculpté, peint blanc et doré, dossiers à colonnettes ; sièges en velours vert.

243 — Tabouret oblong en bois sculpté et rehaussé de dorures ; décor de volutes et guirlandes. Travail italien.

244 — Glace dans un cadre en bois peint et doré, à fleurs et rinceaux. Travail italien.

245 — Glace dans un cadre à fronton, plaqué d'écaille, et avec applications de cuivre repoussé à fleurs.

246 — Dix chaises en bois, de style Renaissance, couvertes en panne bleue.

247 — Deux consoles-appliques variées, en bois sculpté, à tablettes portées par deux volutes.

248 — Petite table en bois incrusté d'os à motifs géométriques. Travail oriental.

249 — Piano droit d'Erard. 83,557.

ÉTOFFES, TAPISSERIES, TAPIS

250 — Petit tapis en brocatelle, à fond jaune, avec bordure des deux côtés de damas tissé de métal.

251 — Quatre rideaux et deux lambrequins en ancienne brocatelle, à ramages rouges sur fond jaune.

252 — Enveloppe de cheminée et cadre de glace en ancienne brocatelle, à ramages rouges sur fond jaune et ancien velours rouge frappé à petits dessins.

253 — Trois panneaux en brocatelle à vases et monogramme du Christ, avec frange à grille. Italie, XVIe siècle.

254 — Bandeau en brocatelle à fleurs et figures de saints. Italie, XVIe siècle.

255 — Petit tapis en damas vert tissé de métal, orné d'une bande en velours rouge avec applications. Italie, XVIe siècle.

256 — Petit tapis formé d'une bande de velours rouge avec applications et de deux bandes de damas vert tissé d'argent doré. Italie, XVIe siècle.

257 — Tablette de cheminée, ornée d'un bandeau en velours ciselé rouge, à dessin de vases et fruits du XVIe siècle.

258 — Trois bandes en velours rouge ciselé, à entrelacs et feuillages du XVIe siècle.

259 — Fragment de velours rouge brodé d'argent doré, à décor de fleurs, rinceaux et inscriptions. XVIe siècle.

260 — Deux aumonières, l'une en broderie de soie et d'argent ; l'autre brodée au point de chainette. XVIIe siècle.

261 — Deux pièces : pelote à épingles en velours rouge avec encadrement de guipure Louis XIII, à feuillages et cornes d'abondance, et petit carré de velours vert bordé d'ancienne guipure.

262 à 264 — Lot de coussins variés en soie et velours.

265 — Bandeau formé d'un fragment de bordure de tapisserie flamande du XVIe siècle, présentant une figure allégorique de la Musique.

Haut., 50 cent.; larg., 1 m. 13 cent.

266 — Tapisserie en deux parties, Flandres, XVIe siècle, présentant la prise d'une ville. Composition de très nombreux personnages, de style antique ; bordures de fleurs et fruits avec médaillons et vases sur fond blanc.

Hauteur environ, 2 m. 75 cent.
Largeur totale, 3 mètres.

267 — Deux portières et un lambrequin en tapisserie flamande du XVIe siècle, à dessin de personnages allégoriques et cavaliers avec palais au second plan. Bordures de tores de laurier et bouquets de fruits.

Haut., 3 mètres ; larg., 1 m. 15 cent.

268 — Fragment de tapisserie du XVIIe siècle, à grands personnages. Encadrement de panne bleue.

Haut., 1 m. 60 cent.; larg., 1 m. 15 cent.

269-272 — Plusieurs carpettes orientales.

BIBLIOTHÈQUE

273 — **Alciat.** Diverse imprese accommodate a diverse moralitæ, conversi che i loro significati dichiarano. Tratte da gli Emblemii dell'Alciato. *In Lione da Gulielmo Rouillio*, 1549. In-8°, veau fauve, dos orné, fil. dent., int. tr. dor. (*Bourlier*).

274 — **Ammiani Marcellini** rerum gestarum libri, decem et octo. *Apud Seb. Gryphium Lugduni*, 1552. Pet. in-8°, veau fauve antique, plats ornés de comp. de couleurs, fil. droits et courbés, pointillés, tr. dor.

Reliure lyonnaise du XVIe siècle, dont le dos a été refait.

275 — **Athénée.** Les quinze Livres des deipnosophistes d'Athénée de la ville de Naucrate, traduits pour la première fois en françois, par Michel de Marolles. *A Paris, chez Jacques Langlois*, 1680. In-4° port., mar. bleu, dos orné, dent. à froid et dorée sur les plats, dent. int. tr. dor. (*Bozérian Jeune*).

Bel exemplaire en grand papier de cette édition estimée et très rare.

276 — **Audiger.** La Maison réglée et l'Art de diriger la maison d'un grand seigneur et autres. *Paris*, 1712. In-12, fig., veau.

277 — **Béraldi** (Henri). Estampes et Livres. *Paris, L. Conquet*, 1892. Gr. in-8°, pl. demi-rel., dos et coins de mar. olive, tête dor., n. rog.

On y joint du même auteur : Bibliothèque d'un bibliophile. *Lille*, 1885. — Mes Estampes, *Lille*, 1884. 2 plaquettes in-8° cart., dos et coins toile.

278 — **Béraldi** (Henri). La Reliure au XIXe siècle. *Paris, Conquet*, 1895-1897. 4 vol. gr. in-8°, pl. cart., dos et coins de mar. rouge, têtes dor., n. rog., couv.

279 — **Béroaldus** (Fr.). Theatrum Instrumentorum et machinorum Jacobi Bessoni Delphinatis Mathematici ingeniosissimi. *Lugduni Apud Barth. Vincentium*, 1578. In-fol., fig. demi-rel., veau fauve.

280 — **Bibliothèque latine française**, publiée par Panckoucke. *Paris*, 1830-38. 178 vol. in-8°, y compris l'iconographie, demi-rel., veau fauve, tr. marb.

281 — **Boissard**. Habitz de nations estranges. *S. l.*, 1581. In-4° oblong, cart., dos et coins de vélin blanc.

Titre et 66 planches.

282 — **Bombourg** (de). Recherches curieuses de la vie de Raphaël Sansio d'Urbin, de ses Œuvres, Peintures et Stampes, qui ont esté gravées en taille-douce par Marc-Antoine Bolognois et autres graveurs... et un petit Recueil des plus beaux tableaux, tant antiques que modernes, Architectures, Sculptures et Figures, qui se voyent dans plusieurs églises, rues et places publiques de Lyon. *A Lyon, chez André Olyer*, 1675. Pet. in-12 mar., vert., dent. int., tr. dor. (*Thomas.*)

283 — **C. Julius Caesar** sive historiae imperatorum caesarumque romanorum ex antiquis numismatibus restitutae liber primus accessit. *CIVIII* Caesaris vitae et res gestae Huberto Goltz Herbipolita Venloniano auctore et sculptore. *Brugis Faudorum*, 1563. In-fol., fig., vélin, milieux dorés, encad. de fil. (*Rel. anc.*)

Bel exemplaire.

284 — **Calligraphie.** Carpe. Ugo da. Thesauro de scrittori opera artificio sa laquale c. gr. arte pratica come p. geometria insegna scrivere littere cancellarescha mercant. cursiva, antiqua moderna bastarda c. bellissimi exempli et altre littere Grecha, hebraicha, caldea, arabicha extratte da S. Fanto, etc., 1535; (à la 3ᵉ feuille se trouve la date de 1532) (à la fin : Angelus Mutinen composuit). In-4° de 48 ff., mar. lie de vin, dent. int., tr. dor. (*Lemardeley*).

285 — **Calligraphie.** Lo presente Libro insegna lo vera arte de lo excellete scrivere de diverse varie sorti de litere... opera del Tagliente novamente composto nel anno MDXXXVII (*In fine :*) *Stampato in Venegia per Pietro de Nicolini de Sabio*, 1537. In-4°. Planches gravées sur bois, demi-rel., mar. rouge.

286 — **Calligraphie.** Opera di frate Vespasiono Amphiareo da Ferrara..., nella quale s'insegna a scrivere varie sorti di lettere. *Venetia*, 1572. In-4° oblong, fig. de 56 ff., dont le dernier blanc, cart., dos et coins de mar. rouge.

Beaux modèles d'écriture; les modèles gothiques des alphabets historiés et fleuronnés sont surtout remarquables.

287 — **Calligraphie.** Libro di M. Giovani Battista Palatino, cittadino Romano, nelqual s'insegna a scriver ogni forte lettera, Antica et Moderna di qualunque natione, con le Sue, regole, et mijure et essempit : et con un breve, et util Discorso de le cifre : Riveduto nuovamante et corretto dal proprio Autore. Con la Giunta di Quindici Tavo le Bellissime. (*In fine.*) *In Roma per Valerio Dorico*, 1561. In-8°, demi-rel., dos et coins de mar. grenat, tête dor.

288 — **Calligraphie.** La Technographie ou briève méthode pour parvenir à la parfaite connais-

sance de l'écriture françoise, de l'invention de G. Le Gaugneur Angevin. *S. l. n. d.* (*Paris*, 1599). In-4° oblong, veau brun, milieux dorés. (*Rel. ancienne.*)

289 — **Catalogues** de cabinets célèbres des XVIIe et XVIIIe siècle. 13 vol. in-4°, in-8° et in-12.

Catalogue du Cabinet de M. Paul Petau. *Paris*, 1610. In-4° vélin. — Roolle des médailles et autres antiquités de M. du Perier, gentilhomme de la ville d'Aix en Provence. *S. l. n. d.* (Aix, 1608). In-4° vélin. — Description du cabinet de M. Grolier-Servière. Paris, 1751. In-4°, fig. — Explication de plusieurs antiquités recueillies par Paul Petau. Amsterdam, 1757. In-4° fig. — Inventaire des merveilles du monde rencontrées dans le palais du cardinal Mazarin, 1649. In-4°. — Arrêt de la cour portant qu'il sera procédé à la vente des meubles et autres biens appartenant au cardinal Mazarin. Paris, 1652. — Inventaire de tous les meubles du cardinal Mazarin. Londres, 1861. In-4°. — Catalogue raisonné des tableaux, sculptures, dessins, porcelaines anciennes, meubles précieux, bijoux, composant le cabinet de M. Le Duc de Tallard. Paris, 1756. In-12. — Catalogue des tableaux, dessins, estampes et autres effets curieux de M. de Jullienne. Paris, 1767. In-12. — Catalogue de tableaux, miniatures, armoires, commodes et effets précieux du célèbre Boulle, composant le cabinet de feu M. Blondel de Gagny. Paris, 1776. In-12.— Catalogue de tableaux et dessins précieux, marbres, estampes, porcelaines, laques, meubles de Boulle du cabinet de feu M. Randon de Boissier, 1777. — Détail général de toutes les raretés et variétés qu'on trouve chez André Béague, marchand. Lille, 1755. In-12 manuscrit. — Catalogue des effets précieux qui composent le cabinet de feu M. le Duc d'Aumont. Paris, 1782. In-8°. — Catalogue d'antiquités égyptiennes, romaines, gauloises et gothiques, composant le cabinet de feu M. Picart. Paris, 1779. In-8°, veau.

290 — Discours et roole des Medailles et autres antiquitez tant en pierreries graveures, qu'en relief, et autres pierres naturelles admirables, plusieurs figures et statues de bronze antiques, avec autres statues de terre cuites à l'égyptienne et plusieurs rares antiquitez qui ont esté recueillies, et à present rangees dans le cabinet du sieur Agard, maitre Orfevre et Antiquaire de la ville d'Arles en Provence. *Paris*, 1611. In-8° de 137 ff., mar. bleu, dent. int., tr. dor. (*Chamballe-Duru*).

Très rare.

291 — **Catalogue** des livres de M. Antoine Feydeau, 1615. — Catalogue des Livres de M. de Marillac, 1621. 2 vol. in-fol. Manuscrits, cart. toile.

Inventaire de ces deux bibliothèques signés de Jerome Drouard, Guillaume Le Noir et Olivier de Varennes, libraires.

292 — Inventaires de la Royne Descosse, Douairiere de France. Catalogue of the Gewels, dresses,

furniture, books and paintings of Mary Queen of Scots. 1556-1569. *Edinburgh*, 1863. In-4°, cart. toile, n. rog.

Tiré à 100 exemplaires.

Très rare.

293 — **Catalogue** des tableaux de Mme la comtesse de Verrue dont la vente a commencé le mercredi 27 mars 1737. *S. l. n. d.* In-8°, cart., dos et coins de perc., n. rog.

Manuscrit de 20 pages contenant la description de 66 tableaux, dont le produit fut de 106,387 livres 9 sous.

294 — Conchyliologie, nouvelle et portative; ou collection de coquilles propres à orner les Cabinets des Curieux de cette partie de l'Histoire Naturelle, mises par ordre alphabétique, avec les notes des endroits d'où elles se tirent, et des cabinets qui renferment les plus rares. *A Paris, chez Regnard*, 1767. Pet. in-12°, demi-rel. veau, n. rog.

Avec l'indication par ordre alphabétique des cabinets d'Histoire naturelle répandus dans Paris, et les noms des amateurs qui les possèdent.

295 — **Catalogues** d'Objets d'art et de haute curiosité de la première moitié du XIXe siècle. 18 vol. in-4° et in-8°.

Collections de MM. Feucher, Baron Percy, Didier-Petit, Abel de Rémusat, Panckoucke, de Monville, de Bruges Dumenil, Lord Walpole, etc., etc.

296 — **Catalogues** d'Objets d'art, Tableaux, etc. : collections La Faulotte, Stein, La Béraudière, Hoffmann, Gavet, Mühlbacher, Odiot, Duclaux, etc., etc. 19 vol. in-4°, cart., dos et coins de perc., n. rog.

297 — **Catalogues** d'Objets d'art et de haute curiosité, Tableaux, etc. : collections Doria, Bardini, Bryas, Chennevières, baron Lepic, Guyot de Villeneuve, Ph. Sichel, Tabourier, Talleyrand, Miallet, A. Gerard, Desmottes, Moreau-Nélaton, Cernuschi, etc., etc. 60 vol. in-4° et gr. in-8°, fig., br., couv.

298 — Collection Spitzer, *Paris*, 1890. 6 vol. in-fol., nombr. pl. en portefeuilles.

299 — **Chronique Bourdeloise**, composée par Gabriel de Lurbe... depuis continuée et augmentée par Jean Darnal. *A Bourdeaus, par Simon Millanges*, 1619. In-4°, veau.

300 — **Clarac** (Cte de). Description du Musée Royal des antiques du Louvre. — Notice des Tableaux exposés dans le Musée du Louvre. *Paris*, 1830-36. 2 vol. in-12°, mar. rouge, dos ornés, fil. et orn. sur les plats, tr. dor.

Exemplaires aux chiffres couronnés du roi Louis Philippe.

301 — **Commission du roy**, envoyée à Monseigneur le président d'Ons-en-Bray, pour la reformation des Habits, Meubles, Jeux, Trains et Équipages. *A Paris, chez Mathurin Henault*, 1626. In-8°, cart., toile.

302 — **Contant.** Les Œuvres de Jacques et Paul Contant père et fils, maistres apothicaires de la ville de Poictiers, divisées en cinq traictés. *A Poitiers*, 1628. In-fol., veau.

303 — **Corrozet.** Icones historiarum veteris testamente. *Lugduni*, 1547. In-8°, fig., mar. brun, fil. à froid, dent. int., tr. dor. (*Petit.*)

Raccomodage au titre.

304 — **Coryati's** Crudities ; reprinted from the edition of 1611, to which are now added, his letters from India and extracts relating to him from various authors... *London W. Cater*, 1776. 3 vol. in-8°, veau fauve, dos orné, tr. dor.

305 — **Cotrouerses des sexes** masculin et fœminin. *On les vend à Paris à la grand sale du Palais au troisiesme pilier par Jehan du pres.*, 1541. In-8°, 264 ff. chiff., fig., cart. vélin, tr. dor.

Ouvrage orné de nombreuses gravures sur bois, renfermant à la fin une petite pièce séparée qui en fait la conclusion, elle est intitulée : *Requeste du Sexe masculin contre le Sexe féminin.*

Edition rare et très recherchée.

306 — **Damhoudere.** La practicque et enchiridion des causes criminelles, illustrée par plusieurs élégantes figures. *A Louvain*, 1555. In-4°, fig., mar. rouge, dent. int., tr. dor. (*Thibaron.*)

307 — **Dan** (Le Révérend père). Le Trésor des merveilles de la maison royale de Fontainebleau, contenant la description de son antiquité, de sa fondation et de ses batimens... par le R. P. H. Pierre Dan. *Paris, Sébastien Cramoisy*, 1642. In-fol., fig., veau.

Nombreuses figures gravées par Bosse et Lasne.

308 — **Dibdin.** A Bibliographical Antiquarian and picturesque Tour in France and Germany. *London*, 1821. 3 vol. gr. in-8°, fig. mar. citron, fil. tr. dor. (*Rel. anglaise.*)

309 — **Dictionnaire** universel du commerce, par Jacques Savary des Brulons. *Paris*, 1723-1730. 3 vol. in-fol., mar. rouge, dos ornés à petits fers, large dent. sur les plats, tr. dor.

On lit sur les plats, frappé en lettres d'or : Le présent livre appartient aux six corps des marchands de la ville de Paris, 1724-1738.

Bel exemplaire en reliure ancienne.

310 — **A Discourse** upon the present state of France. *Inprinted*, 1588. — The Survay or Topographical description of France. *London. John Wolfe*, 1592. Ens. 1 vol. pet. in-4°, veau, dos orné, fil. (*Murton.*)

311 — **Divers plans de villes**. *S. l. n. d.* (vers 1580). In-4° oblong de 140 vues, vélin blanc, encad. de fil., chiffres aux angles, tr. dor. (*Rel. anc.*)

Exemplaire portant sur les plats, dans un milieu doré aux petits fers, le nom de M. d'Agust, célèbre bibliophile provençal, de la famille des Peiresc.

312 — **Ducange**. Glossarium ad scriptores. Mediae et Infimae Latinitatis. *Paris*, 1733-36, 6 vol. in-fol., veau.

313 — **Durer**. Albertus Durerus nurembergensis pictor huiusaetatis celeberimus versus e Germanica lingua in Latinam, Pictoribus, Fabris erariis ac lignariis, Lacipidis, Statuariis et universis demum qui circino gnomone, libella, aut alioqui arta mensura opera sua examinant prope necessarius, adeo exacte quator his suarum institutionum Geometricarum libris, lineas, superficies et solida corpora tractavit ad hibitis designationibus ad camrem accommodissimis, *Lutetiæ apud Christianum Wechelum in via Jacobæa sub scuto Basiliensi, anno 1532 nonis Augusti*. In-fol., fig., veau fauve (*rel. anc.*)

314 — **Estat général des officiers**, domestiques et commençaux de la maison du roy mis en ordres par le sieur de la Marinière. *A Paris*, 1660. In-8°, veau fauve, dent., int., tr. dor. (*Petit-Simier*.)

315 — **Estienne** (Henri). Deux dialogues du nouveau dialogue françois, italianizé, et autrement desguizé principalement entre les courtisans de ce temps. *S. l. n. d.* (*Genève, 1578*) Pet. in-8°, v. f., dos et plats ornés de fil., dent., int., tr. dor.

On y joint : Traité de la conformité du langage françois avec le grec. *Paris*, 1569. In-8°, veau. (2 feuillets refaits.)

316 — **Fail** (Noël du). Les Contes et discours d'Eutrapel. *A Rennes, pour Noel Glamet*, 1585. In-8°, veau fauve, dos orné.

Edition originale.

317 — **Figures du Nouveau Testament.** *A Lyon, par J. de Tournes*, 1559. Pet. in-8°, mar. rouge, milieux dorés, dent. int., tr. dor. (*Bourdier*).

On y joint : Quadrains historiques de la Bible. *A Lyon, par Jean de Tournes*, 1560. In-8°, fig., mar. rouge, tr. dor. (*Rel anc.*)

Figures du Petit Bernard en belles épreuves.

Nombreux raccomodages.

318 — **Gazette des Beaux-Arts**, de l'origine 1859 au 1er décembre 1903. — Tables, 4 vol. *Paris* 1859-1903. 90 vol., gr. in-8°, fig., demi-rel., veau fauve et 42 livraisons.

319 — **Gorlaei** (Abrahami). Dactylcotheca seu Annulorum sigillarium quorum apud Priscos tam

Graecos quam Romanos usus *Lugduni Batavorum,* 1601. In-4°, fig. et port., vélin blanc, milieux dorés, fil., tr. dor. (*Rel. anc.*)

Bel exemplaire.

320 — **Gruel** (Léon). Manuel historique et bibliographique de l'amateur de reliures. *Paris*, 1887. In-4°, fig., br. couv.

321 — Le **Guidon des Parens** en instruction et direction de leurs enfans aultrement appelé François Philelphe, de la manière de nourrir, instruire et conduire jeunes enfans. *On les vend à Paris devant le collège de Cambrai en la maison de Gilles Gourmont* (1513). Pet. in-8° goth., n. relié.

Edition gothique très rare.
Le titre et le premier feuillet défectueux.

322 — **Guyon**. Les diverses leçons de Loys Guyon Dolois suivans celles de Pierre Messie et du Verdier, Sr de Vauprivaz. *A Lyon*, 1625, 3 vol. in-8°, mar. citron, dos ornés, fil., tr. dor. (*Rel. anc.*)

323 — **Hadriani**, Junii medici Emblemata, ad D. Arnoldum cobelium eiusdem ænigmatum libellus ad D. Arnoldum Rosenbergum. *Antverpiae En officina Christophori Plantini*, 1565. In-8°, fig., demi rel., dos et coins de chag. noir.

324 — **Illustrium imagines** (*In fine*). *Impressum Romae*, 1517. In-8°, port. veau fauve, fil., tr. roug. (*Bourlier.*)

On y joint : Imperatorum et Caesarum Vitae, cum imaginibus ad vivam effigiem, expressis. (*Strasbourg, 1534.*) In-8°, port., bord., demi-rel., dos et coins de mar. rouge, tr. rouge. (*Bourlier.*)

325 — **Jacquemart.** Histoire du mobilier. Recherches et notes sur les objets d'art qui peuvent composer l'ameublement et les collections de l'homme du monde et du curieux ; avec une notice sur l'auteur par H. Barbet de Jouy. Ouvrage contenant plus de 200 eaux-fortes typographiques. *Paris, Hachette et Cie*, 1876. Gr. in-8°, fig., mar. vert, dent. int., tr. dor. (*Gruel.*)

Exemplaire sur papier de Chine.

326 — **Janin** (Jules). L'Amour des Livres. *Paris, J. Miard*, 1866. In-12, demi-rel., mar. vert.

Tiré à 204 exemplaires sur papier vergé.
Rare.

327 — **Labarte.** Histoire des Arts industriels au Moyen âge et à l'époque de la Renaissance, *Paris*, 1864-1866. 4 vol. gr. in-8° de texte et 2 vol. in-4° de planches, demi-rel, dos et coins de mar. rouge, tête dor., n. rog.

328 — **Laborde** (Comte de). Le Palais Mazarin et les habitations de ville et de campagne au

XVIIe siècle. *Paris*, 1845. Gr. in-8°, fig. et fac-similé, demi-rel., mar. rouge, tr. jasp.

Exemplaire contenant les *Notes* qui manquent souvent.

On y joint : Les Ducs de Bourgogne. — Etude sur les Lettres, les Arts et l'Industrie pendant le XVe siècle. — Preuves, *Paris, Plon*, 1849-52. 3 vol. in-8°, demi-rel., veau fauve. — Exposition Universelle de 1851. Beaux-Arts par le comte de Laborde. *Paris*, 1856. In-8°, demi-rel., chag., grenat, n. rog.

329 — **Lacroix** et **Seré**. Le Moyen âge et la Renaissance. *Paris*, 1848-1851. 5 vol. in-4°, pl. noires et coloriées, demi-rel, chag. vert.

330 — **Le Pois** (Antoine). Discours sur les médalles et graveures antiques, principalement Romaines. *Paris, par Mamert Patisson au logis de Robert Estienne*, 1579. Pet. in-4°, fig., mar. rouge à longs grains, dos orné, dent. sur les plats et int., tr. dor. (*Rel. anc.*)

331 — **Le Roux de Lincy.** Recherches sur Jean Grolier, sur sa vie et sa bibliothèque, suivies d'un Catalogue des livres qui lui ont appartenu. *Paris, L. Potier*, 1866. Gr. in-8°, fig., demi-rel., mar. gris, n. rog. (*Thivet.*)

Nombreuses planches lithographiées en couleurs. Exemplaire sur papier de Hollande.

332 — **La Trémoille** (L. de). Chartrier de Thouars. Documents historiques et généalogiques. *Paris*, 1877. In-fol. cart., n. rog.

Tiré à 200 exemplaires (nº 88).

333 — **La Trémoille** (L. de). Inventaire de François de la Trémoille, 1542, et compte d'Anne de Laval, publié d'après les originaux par Louis de la Trémoille. *Nantes*, 1887. In-4º, mar. vert olive, dent. int., tr. dor. (*Thierry.*)

Exemplaire aux armes de la Trémoille.

334 — **Mariette.** Abecedario. 6 vol. — Mémoires inédits sur les artistes français. 2 vol. — Recherches sur la vie et les ouvrages de quelques peintres provinciaux de l'ancienne France. 4 tomes en 2 vol. *Paris*, 1847-58. 10 vol. in-8º cart., dos de bas. maroquinée, n. rog.

335 — **Omnium Caesarum** Verissimae imagines ex antiquis numismatis desumptae (*S. l.*) *Æneas Vicus parm.*, 1553. Pet. in-4º., fig., mar. La Vallière, dos orné, milieux dorés, dent. int., tr. dor. (*Bourlier.*)

Ce livre est surtout recherché, à cause de ses beaux entourages gravés sur cuivre, dont la composition est due, comme le titre l'indique, au célèbre Æneas Vico.

336 — **Ovide.** La Vita et metamorphoseo d'Ovidio. A *Lione per Giovani de Tornes*, 1559. In-8º, fig., mar. vert olive, dent. int., tr. dor. (*Gruel.*)

337 — **Paciolo.** Luca, Frate da Borgo S. Sepolcro. Diuina proportione opera a tutti glingegni perspicaci e curiosi necessaria que cia scun studioso di Philosophia. Prospectina Pictura Sculptura : Architectura : musica : e altre Mathematice : suavissima : fottile : e admirabile doctrina confequira : e de lectorassi : co va rie questione de secretissi ma scientia. M. Antonio Capello eruditiss. recensente : *A. Paganius Paganinus characteribus elegantissimis accuratissime imprimebat Venitiis* 1509. In-fol. de 66 ff. et 88 pl., vélin, dos orné.

Bel exemplaire de ce livre très important pour l'histoire des arts.

338 — **Paris.** C'est l'ordre qui a esté tenu à la nouvelle et joyeuse entrée que treshault, tresexcellet et trespuissat Prince, le Roy tres chrestien Henry, deuzieme de ce nom, a faicte en sa bonne ville et cité de Paris, capitale de son Royaume, le sezieme jour de juin 1549. *Paris, Jacques Roffet* (1549). In-4°, fig. mar. La Vallière, milieux dorés, chiffre aux angles, dent. int., tr. dor. (*Gruel.*)

Très rare. Édition en 38 feuillets; il paraît manquer une planche (fol. 40).

339 — **Paris.** Martin Lister A Journey to Paris. in the year 1698. *London Jacob Thomson*, 1699. In-8°, demi-rel.

340 — **Paris.** Rodolphi Boterei in magno franciae bonfilio Aduocati Lutetia, eiusdem ad Paul. V. Pont. Max. Postulatio Adiuncta est descriptio Lutetiae Parisiorum, authore Eustathio à Knobelsdorf Pruteno, edita apud Vuechelum, anno 1543. *Lutetiae Parisiorum. Petri Chevalier*, 1611. In-8°, demi-rel., mar. grenat.

341 — **Paris.** 11 vol. in-8° et in-12 reliés.

Les Antiquitez, Chroniques et Singularitez de Paris, par Gilles Corrozet et Nicolas Bonfon. *Paris*, 1586. In-8°, fig. veau. — Description nouvelle de ce qu'il y a de plus remarquable dans la ville de Paris, par M. B... Germain Brice). *Paris*, 1685. 2 tomes en 1 vol. in-12, demi-rel. — Description nouvelle de la ville de Paris, par Germain Brice. *Paris*, 1698. 2 vol. in-12. — Le Séjour de Paris, c'est-à-dire instructions fidèles pour les voyageurs de condition, par le sieur J.-C. Nemeitz. *Leyde*, 1727. 2 vol. in-12, fig. demi-rel. — L'Agenda du voyageur ou Journal des fêtes et solennités de la cour et de Paris, par M. S. de Valebert. *Paris*, 1736. Pet. in-12.— Dictionnaire historique de la ville de Paris, par MM. Hurtaut et Magny. *Paris*, 1779. 4 vol. in-8°, plans, v. m.

342 — **Pétrone.** Le Satyricon, traduction nouvelle, par J.-B. Vincent Pirault des Chaumes, ancien avocat, né à Paris en 1767. In-4° de 277 pages cart., n. rog.

Manuscrit autographe et inédit du traducteur. Cette traduction, en prose et en vers, est suivie d'un *Examen impartial des opinions sur Pétrone, suivi de quelques observations sur le Satyricon et d'un aperçu de la manière dont quelques-uns de ses traducteurs l'ont reproduit dans notre langue.* Cette étude, qui occupe les pag. 216-266 du manuscrit, contient des recherches fort curieuses. Elle est suivie d'une table analytique des matières.

343 — **Piccolpasso.** Il Primo libro delle Piante Etritratt delle Cittae Terre dell Umbria sotto poste al governo di Perguglia co suoi discorsi apresio et rel ationi almogo perlouogo hor a rimessein. Sieme da Cipriano Piccol Passo della Terra de Durante. In-fol., rel.

Ce manuscrit de Piccolpasso est passé de la Bibliothèque Albani, de Rome, dans celle de Callet père, architecte, où je l'ai acheté à cette vente en 1849. Il contient des particularités intéressantes sur la vie de l'auteur, né en 1524, mort en 1579. Au feuillet 104, un passage concernant la porcelaine en Italie au XVIe siècle. Et, au feuillet 69, une très curieuse indication sur son Traité de céramique, qu'il dit avoir écrit à la prière du cardinal de Tournon. (*Note de Mr Eug. Piot.*)

Manuscrit de 129 feuillets, orné de 80 dessins de différentes grandeurs.

344 — **Piot.** Le Cabinet de l'Amateur et de l'Antiquaire. *Paris*, 1842-44. 4 vol. gr. in-8°, fig. cart., n. rog.

On y joint : Histoire des plus célèbres amateurs français et de leurs relations avec les artistes, par M. J. Dumesnil. *Paris*, 1858, 4 vol. in-8°, cart., n. rog.

345 — **Plon** (Eugène). Benvenuto Cellini, orfèvre, médailleur, sculpteur; recherches sur sa vie, sur son œuvre et sur les pièces qui lui sont attribuées. *Paris Plon*, 1883-1884. 2 vol. in-fol., cart., vélin. n. rog.

On y joint : Léone Leoni, sculpteur de Charles-Quint, et Pompeo Leoni, sculpteur de Philippe II, par Eug. Plon. Eaux-fortes de Paul Le Rat. *Paris, Plon*, 1887. In-4° br.

346 — **Poldo d'Albenas** (Jean). Discours historial de l'antique et illustre cité de Nismes, en la Gaule narbonnoise, avec les portraitz des plus antiques et insignes bastimens, dudit lieu reduitz à leur vraye mesure et proportions, ensemble de l'antique et moderne ville. *A Lyon, par Guillaume Roville*, 1560. In-fol., fig. demi-rel., dos et coins de mar. La Val., tr. rouges.

347 — **Poliphile.** Hypnerotomachie. Discours du songe de Poliphile, deduisant comme amour le combat à l'occasion de Polia. Soulz la fiction de quoy l'aucteur monstrant que toutes choses terrestres ne sont que vanité, traicte de plusieurs matières profitables et dignes de mémoire. Nouvellement traduit de langage italien en françois. *A Paris, par Jacques Kerver*, 1554. In-fol., fig. veau fauve. (*Rel. anc.*)

Édition recherchée, à cause des figures sur bois dont elle est ornée et qui sont attribuées à J. Goujon ou à Jean Cousin.

348 — **Portalis** (Baron Roger). Les Dessinateurs d'illustrations au XVIIIe siècle. *Paris, D. Morgand et C. Fatout*, 1877. 2 vol. in-8°, cart., cuir japonais, n. rog.

349 — **Portalis** (Baron Roger). Honoré Fragonard. Sa vie et son œuvre. *Paris, J. Rothschild*, 1889, un tome en 2 vol., gr. in-8°, fig. et eaux-fortes cart., dos et coins cuir japonais, n. rog.

350 — **Portalis** (Baron Roger) et Henri **Béraldi**. Les Graveurs du XVIIIe siècle. *Paris, Morgand*, 1880. 6 vol. in-8°, cart., n. rog.

351 — **Promptuarium latinae** linguae *Antverpiae ex officina christophori Plantini*, 1571. — Les Maux François selon l'ordre des lettres ainsi qu'il les faut recrire, tournez en latin, augmentez de plusieurs dictions françoises et latines. *A Anvers, de l'imp. Christophe Plantin*, 1571 Ens. 1 vol. in-8°, mar. rouge, dos et plats couverts d'orn. dorés, aux petits fers et au pointillé, tr. dor. (*Rel. anc.*)

352 — **Provinces.** 10 vol. in-8°, reliés.

Les Antiquitez et autres choses considérables de la ville et Comté de Castres, par Pierre Borel. *Castres*, 1640. In-8°, vélin. — Recueil des antiquitez et singularitez de la ville de Rouen, par II.-N. Taillepied, *Rouen*, 1610. (Incomplet). — Recherches des antiquitez et curiositez de la ville de Lyon, par J. Spon, *Lyon*, 1673. In-8°, veau. — Antiquitez de la ville de Lyon, par le père de Colonia, *Lyon*, 1733. In-12°, veau. — Histoire et Description de la ville de Lyon, *Lyon*, 1761. In-12°, demi-rel. — Le Guide fidèle des étrangers dans le voyage de France, par le sieur de Saint-Maurice, *Paris*, 1672. In-12°, veau. — Description des châteaux, bourgs et forêt de Fontainebleau, par l'abbé Guilbert. *Paris*, 1731. 2 vol. in-12°, fig. veau. — Nouvelle description des châteaux et parcs de Versailles et de Marly, par Piganiol de la Force. *Paris*, 1751. 2 vol. in-12°, veau. — Les Curiositez les plus remarquables de la ville d'Aix, par J. de Haitze. *Aix*, 1679. Pet. in-8°, v. m.

353 — **Recueil de cent vues** différentes dessinées d'après nature, par Israël Silvestre, gravées par lui-même et par Perelle (1650-58). *Se vend à Paris, chez Basan, s. d.* In-4°, oblong, fig., demi-rel., veau.

354 — **Recueil des Effigies des roys** de France, avec un brief sommaire des généalogies, faits et gestes d'iceux. *A Paris, par François Desprez, rue Montorgueil, au Bon Pasteur*, 1567. In-4°, port. et encad. à chaque page, mar. bleu, à grains longs, fil.

355 — **Sambuci.** Emblemata cum aliquote numis antiqui operis. *Antverpiae ex officina Ch. Plantini*, 1564. In-8°, fig., veau.

Première édition.

Exemplaire avec l'ex-libris, gravé de Johannis Sambuci, daté de 1573.

356 — **Sauval.** Histoire et recherches des antiquités de la ville de Paris. *Paris*, 1724. 3 vol. in-fol., veau.

357 — **Scudéry** (de). Le Cabinet de Mr de Scudéry, gouverneur de Notre-Dame-de-la-Garde. *Paris*, 1646. — Poésies diverses. *Paris*, 1649. Ensemble 1 vol. in-4°, front. gravé, veau.

358 — **Spectaculorum** in susceptione Philippi hisp. Prin. Divi Caroli. V. Caes. F. An. MDXLIX Antverpiae aeditorum, mirificus apparatus. Per Cornelium Scrib. Grapheum ecus Urbis Secretarium uere ad vivum accurate descriptus. (*In fine*). *Excus antverpiae pro Petro Allosten, impressore iurato typis aegidii disthemii*, an. MDL. MEN. IVN. Gr. in-8°, mar. rouge, dos orné, fil. dent. int., tr. dor. (*Belz-Niedrée.*)

359 — **Syméon** (G.). Les Illustres observations antiques du seigneur Gabriel Symeon Florentin en son dernier voyage d'Italie l'an 1557. *Lyon, Ian de Tournes*, 1558. Pet. in-4°, fig., mar. rouge, fil. à froid, dent. int., tr. dor. (*Bourlier*).

360 — **Titi Livii** Patavini decas quarta (*In fine*). *Venetiis in aedibus Aldi et Andreae soceri mense novembri*, 1520. In-8°, mar. brun., dos orné, dent. int., tr. dor. (*Gruel*).

361 — **Torelli** Saraynae veronensis lg. Doct. De Origine et amplitudine civitatis Veronae. *Veronae*, 1540. In-fol., fig., dem. rel., bas.

Première édition.

362 — **Tory** (Geoffroy). L'Art et science de la vraye proportion des Lettres Attiques, ou Antiques, autremet dictes, Romaines, selon le corps et visaige humain avec l'instructio et maniere de faire chiffres et lettres pour bagues d'or, pour tapisserie, vitres et paincturès. Item de treize diverses sortes et facons de lettres, d'avantage la manière d'ordonner la langue Françoise par certaine regle de parler elegamment en bon et plus sain langage Fraçois que par cy-devant, avec figures a ce convenantes, et autre chose dignes de memoire, comme on pourra veoir par la table, le tout inventé, par maistre Geoffroy Tory de Bourges. *On les vend à Paris, par Vivant Gaultherot*, 1549. In-8°, fig., veau fauve, dent. int., tr. rouges.

Nombreuses figures sur bois et lettres ornées ajoutées.

363 — **Les Voyages** de plusieurs endroits de France : et encores de la Terre Saincte, d'Espaigne, d'Italie et autres pays. Les Fleuves du royaume de France. — La Guide des Chemins de France. *A Paris, chez Charles Estienne*, 1552. 2 vol. In-8°, mar. vert, dos ornés, dent. int., tr. dor. (*Trautz-Bauzonnet*.)

364 — **Willemin.** Monuments français inédits pour servir à l'histoire des arts depuis le 6e siècle jusqu'au commencement du 17e siècle dessinés, gravés et coloriés d'après les originaux. *Paris*, 1825-39. 2 vol. In-fol., fig., demi-rel., dos et coins de veau rouge, n. rog.

---

365 — **Aelst** (Pierre van). Reigles générales de l'architecture sur les cinq manières d'édifices, avec les exemples, d'antiquitez selon la doctrine de Vitruve. *S. l.*, 1542. In-fol., fig., demi-rel., veau fauve.

Incomplet du dernier feuillet.

366 — **Albert** (Léon-Baptiste). L'Architecture et art de bien bastir traduit en françois par deffunct Jan Martin, parisien. *A Paris, par Jaques Kerver*, 1553. In-fol., fig., demi-rel., dos et coins de mar. La Val., tr. rouge..

367 — **Androuet du Cerceau** (Jacques). Leçons de perspective positive. *A Paris, par Mamert Patisson*, 1576. In-fol., fig., peau de chamois. (*Rel. anc.*).

Planches remontées; raccomodages et mouillures.

368 — **Cousin** (Jehan). Livres de perspective de Jehan Cousin, Senonois maistre painctre à Paris. *A Paris, de l'imprimerie Jehan Le Royer*, 1560. In-fol., fig., demi-rel., veau.

369 — **Cousin** (Jean). Livre de pourtraiture de maistre Jean Cousin, peintre geometria. *A Paris, par Jean Leclerc*, 1612. In-4°, oblong., fig., demi-rel., ch. rouge.

370 — **De l'Orme** (Philibert). Nouvelles inventions pour bien bastir et à petits fraiz, trouvées n'agueres par Philibert de l'Orme Lyonnais, architecte, conseiller et aulmonier ordinaire du feu Roy Henry et Abbé de S. Eloy lez Noyon. *A Paris, de l'Imprimerie de Fédéric Morel*, 1541. In-fol., fig., cart., vélin.

371 — **De l'Orme** (Philibert). L'Architecture de Philibert de l'Orme, conceiller et aumosnier ordinaire du Roy et Abbé de S. Serge-lez-Augiers. *A Paris, chez Hiérome de Marnef*, 1576. In-fol., fig., vélin. (*Rel. anc.*)

372 — **Gailhabaud** (Jules). L'Architecture du ve au xviie siècle et les arts qui en dépendent. *Paris*, 1859. 4 vol. gr. in-4°, pl., demi-rel., dos et coins de chag. La Vallière, têtes dor., n. rog.

373 — **Palladio** (André). I Quattro Libri dell' architettura di Andrea Palladio. *In Venetia*, 1570. In-fol., fig., vélin.

374 — **Raison d'architecture** antique, extraicte de Vitruve et autres anciens architecteurs, nou-

vellement traduicte d'Espaignol en François, à l'utilité de ceux qui se delectent en edifices. *A Paris, pour Gilles Gourbin*, 1555. In-4°, fig., vélin, dos et plats couverts d'ornements dorés, tr. rouges. (*Rel. anc.*)

375 — **Reigle generalle d'architecture** des cinq manières de colonnes à scavoir, Tuscane, Dorique, Jonique, Corinthe et Composite à l'exeple de l'antique suivat les reigles et doctrine de Vitruve. Au prouffit de tous ouvriers besongnans au compas et à l'equerre. A Escouen par Jean Bullant. *A Paris de l'imprimerie de Hier de Marnef et Guil. Cauellat*, 1564. In-fol. de 24 ff. signés A.-F. Planches gravées sur bois, cart. toile.

Très rare.

376 — **Sauvageot.** Palais, Châteaux, Hotels et Maisons de France, du XVe au XVIIIe siècle. *Paris*, 1867. 4 vol. gr. in-4°, pl., demi-rel., dos et coins de mar., tête dor., n. rog.

377 — **Serlio.** Il primo (2e, 3e, 4e, 5e) libro di Sabastiano Serlio. *In Venetia per Gio. Battista et Marchion Sessa frateli*, 1560-62. In-fol., fig., vélin, milieux et angles dorés, tr. dor. (*Rel. anc.*)

Incomplet du titre.

On y joint : le Premier (et le second) livre d'architecture de Sébastien Serlio mis en langue françoise par Jehan Martin. *Paris*, 1547. In fol., fig. — Le cinquième livre d'architecture.... traduit en françois par Jan Martin. *Paris*, 1547. In-fol.; fig. (*Édition originale de la traduction.*)

378 — **Vitruve**. Architecture ou Art de Bien Bastir, de Marc Vitruve Pollion, autheur romain antique mis de latin en françoys, par Jean Martin.... pour le roy très chrestien Henri II. *A Paris. On les vend chez Jean Gazeau*, 1547. In-fol., fig., mar. brun, dos orné, milieux dorés, dent., à froid, tr. dor.

Cette traduction de Vitruve a été éditée par Jean Barbé, bourgeois de Paris, dont le portrait orne le titre du livre et le dernier feuillet des annotations.

Jean Martin, dans sa dédicace au Roy, nous apprend que la traduction est « *enrichye de figures nouvelles concernantes l'art de massonnerie, par Maître Jehan Goujon, naguères architecte de Mgr le Connétable.* » Jean Goujon a ajouté à la fin des annotations trois pages d'explications qu'il adresse en ces termes : « *Jean Goujon, studieux d'architecture, aux lecteurs, salut.* »

La planche qui se trouve au verso du f. 78 est signée d'un monogramme formé par l'enlacement de deux lettres K et D.

379 — **Vitruve.** De architectura Libri decem. *Venetiis*, 1567. In-fol., fig. vélin, ornements à froid sur les plats, tr. jasp. (*Rel. anc.*).

Edition rare.

380 — **Viollet-le-Duc.** Dictionnaire raisonné de l'architecture française du XIe au XVIe siècle. *Paris*, 1867-68. 10 vol. gr. in-8°, fig., demi-rel., dos et coins de mar. La Vallière clair, tête dor., n. rog.

381 — **Viollet-le-Duc.** Dictionnaire raisonné du mobilier français de l'époque carlovingienne à la Renaissance. *Paris*, 1858-75. 6 vol. gr. in-8°, fig., demi-rel., dos et coins de mar. rouge, tête dor., n. rog.

382 à 452 — Environ 1,100 volumes anciens et modernes. Ouvrages sur les Beaux-Arts, Littérature, Voyages, Dictionnaires ; ouvrages en nombre de M. Bonnaffé, etc., etc.

www.ingramcontent.com/pod-product-compliance
Ingram Content Group UK Ltd.
Pitfield, Milton Keynes, MK11 3LW, UK
UKHW031935260826
14628UKWH00004B/1640

9 782329 580463